THEORIE DU

"MERVEILLEUX"

DANS LA

LITTERATURE FRANCAISE ET CANADIENNE

PAR

JULES S. LESAGE

QUEBEC
IMPRIMÉ PAR LEGER BROUSSEAU
11 ET 13, RUE BUADE
1902

THEORIE DU

"MERVEILLEUX"

DANS LA

LITTERATURE FRANCAISE ET CANADIENNE

XVIIEME SIECLE

PAR

JULES S. LESAGE

QUEBEC
IMPRIMÉ PAR LEGER BROUSSEAU
11 ET 13, RUE BUADE
1902

PREMIERE PARTIE

LE "MERVEILLEUX"

DANS

LA LITTERATURE FRANCAISE

17EME SIECLE

(*Conférence prononcée au Séminaire de Chicoutimi*)

"Si Peau d'Ane, m'était conté, j'y prendrait un plaisir extrême." —*LaFontaine.*

MESSIEURS :

Après avoir eu l''honneur, et l'intime plaisir de retracer devant vous la marche ascendante qu'a suivie dans notre littérature la pensée canadienne, au sein de notre merveilleux pays, il m'a semblé tout naturel, que je vienne vous parler du "Merveilleux" littéraire. On l'a dit et il nous est bien permis de le répéter en aussi brillante compagnie : l'humanité sera toujours hantée, par le Merveilleux et l'Audelà ; ce que nous sommes convenus d'appeler en littérature, le "Merveilleux Poètique" !— Aussi n'y a t'il pas lieu de s'étonner, que Chapelain, le fameux auteur de la Pucelle, se sentit en 1647, un peu troublé par le difficile problème du "Merveilleux" : cette difficulté déclarait-il, est une des principales de la poésie moderne." Jeune et sans gloire nous ne prétendons pas la résoudre. Toutefois sans être prophète dans son pays, nous ne sommes pas prèts à admettre avec Housard de Lamothe ; "que cette question soit peut-être, la plus futile qui puisse occuper des gens raisonables," disons plutôt des gens d'esprit, puisse que c'est à ceux-là que je m'adresse ce soir.

I

Quoi qu'en disent ses détracteurs, cette question du "Merveilleux" dans la littérature Française a eu ses jours de gloire et de triomphe à la Cour du Roi Soleil, ses jours de querelles parmi les beaux esprits, dissidents sur l'emploi des théories olympiques. Jamais nous affirme De Laporte, dans son magistral exposé de cette doctrine poétique : le "Merveilleux" chrétien, n'occassionna plus de théories et querelles, que sous le règne de Louis XIV—"L'homme est un dieu tombé qui se souvient des cieux."

Aussi, l'élan mythologique une fois donné, rien ne put ramener le poète français au Merveilleux de sa foi. Vaquelin eut beau dire : les vers sont le parler des anges de Dieu ! C'était prêcher dans le désert. Le 16e siècle, le laissa dire. "En ce siècle au déclin, on poétisait à l'ancienne, dit la chronique, sans même raisonner cette sorte de foi poétique.

Le 17e siècle, fort de l'expérience, de son prédécesseur, puisqu'un siècle n'est que la résultante de celui qui finit, ce siècle, dis-je la raissonna, cette prétendue idée nouvelle ; lui donna tour à tour les définitions suivantes, d'un merveilleux Chrétien, Mythologique, Féérique, Mixte, et Païen. Mais cette classification, ne se fit pas sans orages parmi les beaux esprits. D'ailleurs, à quelle époque, vit-on : poètes, moralistes et philosophes, s'accorder : l'esprit imaginatif des uns, n'exclut-il pas le prosaïsme des autres ? Aussi à en juger par les satires, épigrammes et sonnets gouailleurs et sarcastiques, qu'ils s'adressent mutuellement ; ce ne sont pendant tout le règne du Grand Roi, que clameurs littéraires, qui retentissent comme le cliquetis des batailles. C'était la guerre en "dentelles" dont parle quelque part, M. d'Esparbès. Fort heureusement pour ces censeurs, "ils ne mouraient pas tous, mais tous étaient frappés."

Quoiqu'il en soit, le 17e siècle, en ce genre "Merveilleux," n'inventa rien de nouveau, mais en revanche, dit Villemain, ce siècle d'élégance et de gout littéraire, lui donna le cachet vraiement national." En effet, à ces idées d'antiquité moderne qui faisaient verser beaucoup d'encre, le 17e siècle "imprima son caractère et prêta sa langue ;" on les vit faire fureur dans les salons des Précieuses à Rambouillet ; s'étaler au grand jour ensoleilé, dans les jardins, sous les lambris dorés du palais de Versailles.

En somme, s'il ne crééa pas le genre, nous disent les critiques : "il a employé les différentes espèces et ressources multiples du "Merveilleux," héritées de littératures et générations antérieures : à l'antiquité classique ou gauloise. Ainsi, hier comme aujourd'hui, il n'est rien de neuf sous la calotte des cieux. Maintenant, avons nous besoin d'ajouter, que pour employer le Merveilleux il faut y croire. Les sceptiques sujets de Louis XIV, se chargèrent eux, d'interpréter à leur manière cet engouement superstitieux. Au dire des Moralistes, d'égayer même cette mythologie Grecque ou Romaine, sans y ajouter foi le moins du monde." C'était jouer avec le feu dérobé du ciel, la pantomime, le geste mythologique, devint chez eux seconde nature.

Ces beaux esprits forts en effet, ils ne croyaient pas à la Fable, soit, n'empêche que le Passé revivait dans le Présent. "Ils eurent beau dire et beau faire celle qui avait fait l'histoire, était devenue croyable, elle régnait en maîtresse, nous disent les chroniqueurs et rimeurs du temps, par la force des circonstances et la routine, fruit de l'éducation et des habitudes mondaines et du milieu." De même que l'on s'éprend encore de nos jours d'une science ou découverte populaire ; "ainsi cette science de la Mythologie s'imposait, comme une culture nécessaire, qui applanissait les routes du Parnasse, ouvrait les portes de l'Académie : en un mot croire au Merveilleux, c'était plaire à Richelieu."

Devant ce culte, rendu aux dieux du jour, Mme. Roland, eut pu s'écrier : "O Merveilleux, que de folies en ton nom !" Car, à la Cour, le Roi, les Princesses, les seigneurs, les dames, se déguisaient en personnages olympiques, s'affublaient, rapportent les mémoires, ne parures de déesses et d'immortelles. Alors un poète lyrique assistant à pareille mascarade de s'écrier à la Cour :

On y voit figurer tous les dieux
Tant juvenceaux que les vieux.

La Bruyère dans son language, caractérisque, appelle les petit fils de Louis XIV : les enfants des dieux ! Le sarcastique Scaron même d'écrire :

Dans nos salons, autant de Guenons
Que de Pallas et de Junons !

A vrai dire, ces plaisirs royaux et ces caprices de princesses fesaient contraste avec les brouilles et querelles du dit séjours divin, où sur pareil sujet on ne badinait pas. N'empêche que l'engouement, l'exaltation poétique et fabuleuse, gagnant tout le monde, les historiens durent écrire: " qu'au 17e : Rois, princes et bourgeois, vivaient dans cette atmosphère enfiévrée de Mythologie et de Paganisme.

Malgré tous ces symptômes anti-chrétiens, n'allons pas nous montrer sévères pour cette société en délire de plaire et de surnaturaliser ; ni trop brusques dans notre jugement à porter sur l'état d'esprit, de tout ce monde élégant, rafiné, de gouts et de manières policées. "Car pour la plupart, de ces gens de lettres sérieux au fonds : cette Mytologie n'avait de réalité, que dans leur imagination et leur mémoire." D'un autre côté, si cette passion du Merveilleux dans l'art et la littérature, avait son côté extravagant et risible ; Il n'empêche, attestent les classiques sur la matière, que parmi les gens d'esprit et délicats, plusieurs découvraient dans l'étude et l'usage des Fables un but utile et louable. De ce fait indéniable, citons comme exemple : le Télémaque, ce roman épique en prose, véritable cours de politique, de philosophie presque de religion. C'est-à-dire, que même malgré les foudres, et diatribes lancées, par les prédicateurs et orthodoxes : "on prêtait sans scrupules, à la morale, le vêtement décoratif de la Fable." Quoiqu'il en soit, ils durent cependant désarmer devant la bonhomie de l'inimitable Lafontaine à user d'un pareil naïf stratagème pour convertir les plus endurcis.

II

Après ce que nous venons d'en dire, il serait superflu d'appuyer, par de plus longues preuves et arguments décisifs, la croyance du 17e siècle, au Merveilleux de sa foi. Les ennemis du Merveilleux, nous déclare De LaPorte : raisonnaient assez juste, non comme des g ns de lettres, mais comme des croyants. Ceci semblerait paradoxal, état donné ; l'état d'esprit général, les circonstances favorables, ou relâchement des mœurs, abandon des saintes coutumes, que prêchait et prônait en faits et gestes Mythologiques, une société arrivée a l'apogée de son dévelopement intellectuel et cherchant un élément nouveau à sa curiosité, toujours en éveil. Néanmoins, malgré tous ces signes de décadence sociale apparente, d'un siècle, qui prophétise sa fin ; après nous le déluge ! Les littérateurs du 17e, font encore une forte impression, et dictent en quelque sorte, l'opinion contemporaine. A deux siècles de distance, la grandeur et sublimité de leur œuvre classique s'impose au monde civilisé d'hier et d'aujourd'hui. D'ailleurs comme en tout temps et en tout pays, l'esprit humain fut porté à la recherche des Merveilleux prodiges, "certes s'il ne fut pas toujours de glace aux vérités, il fut, s'écrie un moraliste, quelquefois de feu pour les mensonges." Et alors, un poète satyrique de riposter :

> Le monde est vieux dit-on, or je crois cependant,
> Qu'il faut encore l'amuser, comme un enfant !

A cet idéal Mythologique, accessible qu'aux âmes Parnassiennes : se joignait la "Féerique" réalité palpable et incompréhensible à tous les humbles illétrés : le genre féerique, gagnant tout le monde, l'euthousiasme Merveilleux, ne connut plus de bornes.

Aussi, dit la Chronique, en ce bon vieux temps : à la Cour et par toute la France, les histoires de loups-garrous, de feux-follets étaient tenues pour choses fort sérieuses et les nourrices comme celles d'aujourd'hui, endormaient les enfants, avee ces fantastiques récits, dont elles étaient elles-mêmes convaincues."

Mais, de tous ces faits extraordinaires, ces narrations étranges, d'exploits héroïques et gigantesques, relate la chronique du temps, les contes de Fées, avaient la vogue.

Nous sommes en plein domaine féerique. En effet, écrit Paul de St-Victor ; ces aventures, ces contes, de la Mère d'Oye, mère légendaire du genre humain, vieille filandière n'a-t-elle pas bercé, les premiers rêves de cette génération antichée de choses merveilleuses d'inventions pures et natives de Germanie, sous un ciel chargé de brouillards."

Ces aventures féeriques berçaient endormaient les princes et les sujets. En un mot tous naissaient égaux devant la tradition. Si de nos jours ce sont les romans et feuilletons imoraux, qui intéressent la jeunesse moderne, en ce temps-là c'étaient les contes de Fées.

Ainsi, au milieu de ces extravagances fabuleuses, ajoute de St-Victor : les rondes Fées se dessinaient dans un lointain bleuâtre et brumeux. Charles Perréault écrivit son livre sous la dictée des Muses crédules : livre unique entre tous les livres, de la sagesse du vieillard et de la candeur de l'enfant. L'accompagement naturel de la lecture de "Barbe Bleue" et la "Belle au Bois-Dormant," "Petit Poucet" serait le bourdonnement d'un rouet, le branle assoupissant d'un berceau. Mais encore une fois le talent de Perreault, est d'avoir revêtu ces vieilles légendes qui courraient le monde, de formes propres à séduire l'imagination enfantine."

Nos vieux romanciers, remarque De LaPorte ; avaient en effet donné droit de citer aux fées, dans leurs populaires récits de Chevalerie. Il suffit de noter qu'elles apparurent dans la poésie française presque à son origine "

Ainsi au dire de tous les écrivains, les contes de Perréault, eurent un immense succès. N'étaient-ils pas d'ailleurs l'aliment nécessaire à l'imagination avantureuse du génie inventif des héros de l'époque ? C'est en vain que de censeurs chagrins, déplorèrent cet engouement, pour les rêveries enfantines. La fièvre agrémentée, persista dit un poète du temps :

> Maigrets livrets de toutes sortes.
> Jusqu'à des cont[illegible] de Fées,
> Dont on fait longt[illegible]mps des trophées!

Mais autour de ces Dames, que le génie français a fait généralement bonnes, aimables et terribles, se groupent d'autres agents merveilleux : lesquels, d'après la description des témoins oculaires, sont des êtres horribles pour la plupart, des personnages secondaires, se sont les grotesques du genre féerique. Dans ce drame à ciel ouvert, où toutes les croyances et superstitions populaires s'unissent en un Merveilleux accord, figure la Beauté à côté de la Laideur d'apparat." Le rôle de ces orgres, nains et lutins, feux-follets et loup-garroux, est de simuler tour à tour, force, crédulité, espièglerie, vivacité folâtre, joyeuse ou querelleuse. Leurs noms respectés prêtent à l'allégorie, à la métaphore : c'est toute une hiérarchie fabuleuse. Après les orgres, viennent les "Nains," moins stupides, très vilains aussi, descendants des Pigmés, mais par dessus tout, espiègles. Le "Nain" ressemble un peu par la taille beaucoup par ses malices au "lutin". Cet esprit léger, affirment les défenseurs du "Merveilleux," a sous différents noms, droit de citer ou d'asile, non seulement dans les contes, mais dans toute la poésie profane et riante du 17e siècle.

Ecoutez maintenant le récit de leurs pécadilles quotidiennes : quelques fois ont les traite de voleurs :

> Quelques Lutins possibles,
> Me les aura dérobé !

D'autres, les voient danser dans les ruines :

> Rire et danser les lutins,
> Dans ces lieux remplis de ténèbres.

Si maintenant, nous ajoutons et joignons à cette troupe de sorciers la baguette magique des bonnes Fées, la bacchanale est au complet. Cette "baguette" légendaire, que de mirâcles n'a-t-elle pas opérés ? Cette verge miraculeuse, quelle puissance aux mains de Moïse, d'Aaron ou de Circé ! Nous la retrouvons encore ici la divinatrice "verge d'or," produisant des effets et enchantements féeriques. Lesquels nous distinguons des enchantements "diaboliques" : ces deux genres de prodiges, n'ayant ni les mêmes causes, ni les mêmes effets, ni les mêmes caractères.

Quoiqu'il en soit, ces "enchantements" à vues féeriques, au dire des juvenceaux de l'époque qui faisaient leurs délices de ces contes d'Amade et d'Astrée; ils sont riches comme l'imagination des poètes, prompts comme la pensée, capricieux comme leurs rêves, innoffensifs comme la succession de tableaux d'une lanterne magique." A ces contes et histoires des temps héroïques, se joignait tout un monde imaginaire : la sorcellerie érigée en système "Merveilleux" : sorciers, magiciens, divineresses, tout le dix-septième en est rempli. "Toutefois si ces sorciers de salon, avec leurs invocations inegmatiques, passionnaient les beaux esprits, on les craignaient peu." Cependant, une foule de faits anecdotiques, prouvent et témoignent d'une croyance populaire et générale à ces sortillèges. L'Astrologie, la Physionomie, la Chiromancie et les mystères de l'Alchimie, avaient même quelque crédit en ce siècle d'érudition.

III

"C'est le pays qui fait l'homme," a-t-on dit. Or en ce 17e siècle, tout était enchanteur et enchanté, les poètes épuisaient leur génie, dit la Chronique, à bâtir des palais, à faire la géographie des pays enchantés, sous le plaisant climat des Isles de Fortune :

> Voici le pays de Cocagne
> Où l'on y boit le vin d'Espagne.

Dans les états du Roi "Ivelot" carnaval et printemps perpétuel.

> Le fruit y plout........
> De le cueillir en se baissant.

Partout dit Vaquelin : ce sont des régions des beaux souhaits, et des rêveries agréables, faits pour le plaisir. "En ce genre de délectation intellectuelle espèce de métemsycose pittoresque, les princes de la romancerie n'inventaient rien de neuf. En effet ces terres pleines de merveilles et d'un bonheur facile à saisir, étaient connues des romanciers grecs ou romains. Les peuples de l'Orient se contaient, au témoignage d'Hérodote, depuis longtemps des Fables "émerveillables." Aussi pour quiconque fréquente les auteurs anciens, ces terres fortunées, ces îles heureuses, avec leur fécondité divine et enchanteresse, elles sont vieilles comme les traditions de l'âge d'or des peuples ; "elles ont à peu près l'âge de l'Humanité."

D'ailleurs quoi d'étonnant à cela ? L'histoire, disait Fontenelle, est une "Fable convenue." L'on remarque de nos jours, une forte tendance à substituer les anciennes Fables par des récits nouveaux. Ainsi donc, sans Merveilleux, peu ou point de Poésie gaie, lyrique, ou galante. "En effet, au dire de Michelet : le "Merveilleux," fut l'apôtre d'un symbolisme, de cette grande poésie, si enchanteresse dans toute âme idéale, l'auréole de France. A toute âme mêlant un corps féerique, souple et fuyant, qui à demi la révèle, supprimant les classifications sèches de la science et les lourdeurs du réel. Ces âmes, ces pensées, ces sentiments, ces chaires, formant des êtres fabuleux et charmants, qui planent, qui ondulent, se transforment éternellement dans le domaine de l'Irréel." "C'était l'état des esprits lettrés, comme aussi des illétrés en ce beau pays de France. Il semble donc tout naturel, que ce siècle de haute culture, ennemi de tout ce qui sent l'effort prosaïque et le terre à terre de l'existence humaine ; se soit épris, ait donné à plaisir l'hospitalité "intellectuelle" à toutes les sommités de la gloire littéraire, des élégances raffinées comme aussi à toutes les extravagances de la Fable, du "Merveilleux dans tous les genres.

Et comment pouvait-il en être autrement, en ce siècle de perpétuelle féerie enjolivée qui a eu son charme indéfinissable ? "Tout ce que les 17e et 18e siècles empruntent à ces légendes immémoriales, n'est plus aujourd'hui qu'un anachronisme," ce siècle d'omnipotence royale, n'est plus au dire même de ces jouisseurs, "qu'une fête olympique continuelle, où toute une société de courtisans et de courtisannes, vivaient enchantés dans le cercle de l'étiquette, au milieu des statues et jeux d'eaux d'un jardin magique."

Ce qui est plus grave, écrit Paul de St-Victor dans "Hommes et Dieux" : entre toutes les époques de notre Histoire, le 17e et la moitié du 18e siècle, semblent consacrer à la volupté des sens ; elle l'enveloppe, le remplit, elle l'énerve, le suscite, elle imprime à la société le mouvement d'une élégante bachanale. Enfin il y a un moment, où le libertinage de "relations féeriques" devient véritablement satanique."

Ainsi donc toute la littérature du 17e, s'incarna, s'inspira d'une Mythologie symbolique, de la Fable en action. Le "Merveilleux" s'écrie un enthousiaste : c'était le diapason auquel vibraient toutes les âmes assoiffées d'idéal. Sans merveilleux peu ou point de poésie lyrique." C'était le feu sacré dérobé aux Dieux-Muses de l'Olympe. "Tous ces versificateurs d'alcôves, rapportent les mémoires du temps, qui foisonnent partout, qui remplissent de leur présence factice : jardins antichambres, salons de grands palais d'alors ; ne savent exprimer, rendre leurs pensées, ni s'émouvoir, qu'à l'aide des réminiscences fabuleuses ou féeriques. Spirituels, ils le sont tous, ils ne sont que cela, en ce siècle 18e, mûri, pourri, croulant sous ses propres débris : après nous le Déluge !"

A vrai dire le poète léger, à la mode et au goût esthétique de l'époque : "n'est pas (si nous analysons son œuvre) un homme, ni un auteur ; c'est une mémoire qui redit l'écho, l'état général de la belle société. En un mot un sentiment superficiel fait les poètes. Pour ces beaux esprits, remarque un auteur : faire de la littérature, ce n'est pas sentir, c'est embellir !"

Un siècle étant l'écho de l'autre, son prédécesseur: les 18e et 19e siècles, Voltaire, Rousseau eurent aussi, une forte teinte de "Merveilleux". Toutefois, la semence régénératrice était jetée, l'empreinte faite, le Merveilleux chrétien s'imposait et quoique les lettrés, rhéteurs et philosophes, employassent avec profusion les ressources de la "Fable" : le Parnasse se dépeupla. Que les temps sont changés! Aujourd'hui personne ne se croit plus obligé d'emprunter les ressources de la "Fable," tout le monde sait que la poésie est indépendante de ces réminiscences.

Néanmoins, l'on peut dire, comme conséquence de cet engouement mythologique : "deux choses étaient presqu'impossibles à un poète du 17e siècle, faire des dieux et faire des bêtes." De l'aveu même des adversaires du "Merveilleux," ce que le 17e siècle fit de plus beau, ce furent des hommes, types parfaits et écrivains hors ligne. Mais on doit avouer d'une façon générale, que ces dieux sont d'aucun Olympe, ces anges d'aucun ciel. Seules, affirme De La Porte, les "Fées" au point de vue littéraire, sont vraies et le resteront, parce que ce sont bien des contes du temps passé, mais d'un temps qui s'est passé en France."

Ces "fées" elles vivront parce qu'elles sont choses vraies, vibrations d'âmes : l'idéal s'unissant au réel ! En un mot elles vivront, tant qu'il y aura des enfants, des mères et des grand-mères et des gens d'esprit : des enfants pour les entendre conter ; des grand-mères pour éveiller en ces jeunes cœurs, la curiosité naïve et enfantine par ces histoires du bon vieux temps, faire revivre ces souvenirs d'antan, remuer les cendres des choses vécues ; des philosophes et gens d'esprit, pour en comprendre toute la portée, l'enseignement traditionnel.

D'ailleurs ces récits merveilleux, ne sont-ils pas du reste qu'un dérivé des "génies" capricieux, dit E. Souvestre ; ne sont-ils pas de tous les temps et de tous les pays, faisant leur demeure, dans les bois, les rochers ou les eaux ; dont la croyance se retrouve, chez presque tous les peuples ? Les Grecs, avaient leurs "satyres" : dieux velus à pieds de bouc, qui dansaient au clair de la lune avec les nymphes des vallons. En Russie on croyait, à des nains couverts de poils, appelés "birchés." Les Ecossais, eurent également leurs "lutins," courant les clairières. Les Suisses, leurs "bergmaennlins" cachés dans les crevasses des rochers. En Suède on appelait "duss" ces génies de la fable. Les Gaulois mêmes avaient leurs génies malicieux, un dieu intérieur, qu'ils appelaient "Korig." Énfin, les Bretons de Carnac, eux ils en comptaient quatre espèces : les esprits qui habitaient les bois, "Kornikands," ou chanteurs dans les cornes : les "Korils" qui couraient la bande et dansaient la nuit des rondes endiablées ; les "Poulpicans" ceux qui habitaient les vaux et qui avaient leurs terriers ; les "Tenz" petits hommes noirs qui se tenaient dans les prés de blé mur ! Autant de personnages légendes populaires qu'on se racontait l'hiver au coin du feu pendant la "veillée," comme au bon vieux temps."

IV

Messieurs, nous ne saurions laisser ce grand siècle, sans rappeler le monument historique, qui fut pour ainsi dire, le théâtre principal, où se jouèrent tous les rôles féeriques ; la scène Mythologique par excellence où rois, princes et princesses et sujets, épris de l'Audelà, vécurent de "Merveilleux." Ce monument c'est Versailles ! "L'Histoire, a dit un philosophe, c'est une perpétuelle résurrection ; c'est un séjour dans le Passé, constamment présent à nos yeux, or Versailles est un témoin du Passé, d'un passé qui ne reviendra peut-être jamais."

Voici ce que je trouve en revisant mes notes de voyage en France, au chapitre de "Versailles" : De toutes les splendeurs d'un autre âge, ressort un témoin auguste et vénérable. Un monument unique en son genre, d'une architecture, style renaissance, d'une pureté, d'une harmonie de lignes architecturales vraiment admirables, d'un goût et d'une richesse de décors inouis.

A part sa renommée artistique et historique, qui est universelle, ce qui attirent les étrangers, ce sont les "Grandes Eaux," qui jouent tous les premiers dimanches du mois. C'est un spectacle vraiment *féerique*, puisque le mot est à l'ordre du jour, une fête champêtre populaire, à la fois nationale et cosmopolitaine : rendez-vous général au petit Trianon. Autour de ces immenses bassins de Neptune, du Dragon, de l'Obelisque, d'Appollon la foule se presse. Impossible de s'imaginer, rien de plus joli, de plus gracieux, d'aimable et d'inspirant que ces sculptures allégoriques de Dauphins ou monstres marins à face humaine qui ornent ces réservoirs géants ; lesquels à un moment donné, et cela pendant des heures, lancent des milliers de jets d'eau, à cent pieds en l'air. Spectacle grandiose, que ces longes gerbes liquides retombant irrégulièrement sur elles-mêmes, capricieuses goutelettes, qui reflètent en myriades de prismes les rayons d'un chaud soleil d'été. Puis, au bruissement de ces fontaines artificielles, peuplées de demi-dieux de nymphes antiques ; on fait un pas sur le fameux tapis vert, idéale pelouse, où s'y dansait jadis, les menuets légendaires, lors des royales et princières fêtes champêtres, si gaiement et gracieusement peintes par Watteau :

> "Avec un air aisé, si vif et si nouveau,
> Watteau dans tout ce qui peint, montre tant de génie;
> Que les moindres sujets de son heureux pinceau,
> Des Grâces et des Amours, semblent tenir de la vie."

De là, conduit par ces *merveilleuses Beautés*, on se promène sous les ormeaux, on arpente au son de la musique militaire les allées ombragées, par de véritables voûtes de feuillages, style gothique, propices aux éternels serments, aux poétiques rêveries !

Au rétour de pastorale promenade, l'âme encore toute impreignée de cette églogue féerique, on gravit une série d'escaliers en pierre, on se répand sur les terrasses splendides, donnant sur de magnifiques parterres, platesbandes ornées de fleurs les plus rares, aux couleurs et dessins les plus variés. Enfin on franchit le seuil de ce temple du "Souvenir," on pénètre à l'intérieur par la Cour d'honneur l'entrée principale du Château, aujourd'hui musée national.

A la suite d'un guide obligeant, nous visitons successivement les appartements de Mme de Maintenon, de Marie Antoinette, la salle des "Glaces" ou des fêtes, la galerie des "Batailles," véritable galerie de peintures, l'épopée héroïque de France ; où l'on assiste et passe en revue, les immortelles campagnes, d'Italie, d'Egypte, de Russie, de Crimée, En parcourant ces salles splendides, décorées, peintes, sculptées par les meilleurs artistes de l'époque. En passant de l'antichambre au salon de ce beau palais légendaire ; dont les pans de murs sont ornés de portraits des personnages illustres qui l'habitèrent, de ceux d'hommes célèbres dans les lettres les arts et les sciences : on mesure irrésistiblement, la distance qui nous sépare d'hier à aujourd'hui ; car il y a dans leur figure et attitude, ce cachet aristocratique seigneurial de cette société vécue, de ce grand monde, qui incarna le genre "Merveilleux" ; l'âme de belles choses !

Par un étrange revirement des esprits ; démocrates et républicains du jour ; "pejor avis ætas", aiment à se retremper un moment dans cet atmosphère privilégié, à vivre dans le passé féerique et fabuleux, à séjourner ne fussent que quelques heures, en ces lieux enchantés, tout parfumés encore du passage de ces reines, princesses, duchesses et marquises que chassa si rudement de leur Eden terrestre, la démagogie révolutionnaire. C'est le cas de dire : "ici les murs parlent".

"Que de plaisants souvenirs, ne rappelle-t-il pas, ce siècle qui a tant ri de toutes choses, ne prenant plus au sérieux, que les charletans, les théosophes illuminés ! "Le Grand et Petit Trianon ! Marie-Antoinette a mis toute son âme dans son village de Trianon : véritable boîte à bijou, théâtre champêtre, de ses mignardises bergeries et ces mieuveries de poupée, cadre enchanteur de dinettes, d'amusettes passionnettes".

De nos jours, dit M. de Vogué : dans ce château de Versailles, on blanchit, on grate, on lessive les pièces qui ont pu contracter le "venin" ; lessive générale des lieux, des choses et des gens de l'autre règne. Vraiment des courants nouveaux soulèvent et emportent "per fas et nefas" le monde du dehors. On est tenté d'en prévenir les mânes du grand siècle. O vous qui naissez dans Versailles, quittez toute espérance, de comprendre les choses de la vie des autres hommes."

Les enfants qui grandissent, continue M. de Vogué rélèguent, dans une chambre de débarras, les jouets dont ils ne s'amusent plus. Notre inconstance a fait de Versailles la resserre, ou elle jette ses pantins cassés : rois empereurs, présidents, et c'est aussi à Versailles qu'elle en fabriquede nouveaux. Si comme l'affirment les psychologues : "le milieu est tout. N'étions-nous pas fondés à dire qu'il faut aimer l'Histoire au lieu où elle s'est faite. Ainsi qu'on l'a observé, par une simple juxtaposition des images, l'histoire éblouit notre esprit et saisit, notre cœur, mieux que personne, mieux que l'orateur le plus éloquent, le plus lyrique des poètes !"

Aussi en visitant ces lieux aimés de l'ancien régime d'une monarchie éteinte : français et étrangers, y font-ils des réflexions salutaires, revivent tout un Passé de gloire et d'immortalité ! En face de ce grand monument de l'Histoire, debout au milieu de tant de ruines, ne croirait-on pas entendre le mot célèbre de Bossuet devant une tombe royale entrouverte : "Dieu seul est grand !"

DEUXIEME PARTIE

LE "MERVEILLEUX"

DANS

LA LITTERATURE CANADIENNE

"Légendes doux récits qui berciez mon enfance,
Vieux contes du pays. Vieilles chansons de France."
—*Chauveau.*

Messieurs,

A la lumière éblouissante de cette merveilleuse et féerique épopée, secondés de l'expérience littéraire de deux grands siècles, dont l'écho mythologique se répercute à travers les âges, puisqu'un siècle comme le 17e ne meurt pas ; au flambeau de l'histoire ancienne et moderne, étudions ensemble le "Merveilleux" dans la Littérature Canadienne ; voyons si nous avait fait œuvre sérieuse, dont nous puissions (quoique relativement jeunes dans l'art de bien dire et de bien écrire), se sentir fiers et orgueilleux, en ce XXe siècle, qui devra être le complément de tous les autres.

Maintenant, transportons-nous, sur un autre théâtre

à ciel ouvert, sur cette terre bénie du Canada, au sein de cette nature Laurentienne, si propre à la "Fiction" propice aux merveilleux développements. Ensemble interrogeons la cause et les effets "féeriques", l'origine première de ces récits fantastiques, de ces légendes, de ces vieux contes du pays, dans notre littérature ? Ceux-ci pour avoir joué un rôle moins brillant, moins retentissant à travers les siècles, n'en constituent pas moins dans un même ordre d'idées : plus saines, plus graves, plus naturelles et plus chrétiennes, une croyance populaire, une œuvre littéraire sérieuse, une source de gloire nationale. Le "Merveilleux" est un art et comme tel il nait avec la vie d'un peuple. Ici nature et vie, sont synonimes."

I

Chez nous en Canada, nous touchons du doigt à l'histoire de notre berceau, la "Fable", n'existe pas ; c'est la réalité vivante, poétique et grandiose de la Nature crée, ce coin de terre d'Amérique du Nord qui arrache un cri d'enthousiasme aux premiers découvreurs et colonisateurs de ce vaste territoire : Quel beau et grand pays ! Exclamation spontanée, que nous, Canadiens, traduisons par ce chant de notre cœur : "O Canada ! Mon pays mes amours !"

Entre la Vieille France et la Nouvelle, il y a eu, pour employer un terme de psychologie, "transmission d'âmes féeriques." L'Océan, ayant une vertu lustrale, les Fables de la Vieille Europe, purifiées de leur "Mythologie païenne," par ce trajet d'Outre Mer, émigrèrent par bribes, sur bords Laurentiens. C'était comme l'écho de l'âme poétique française, qui du sein d'une civilisation pas trop raffinée, aspirait à une vie nouvelle, toujours éprise d'inconnu et d'au-delà, s'élançait vers de nouveaux horizons ; s'impreignait des vagues fraîcheurs régénératrices de nos immenses solitudes, de nos grands bois, de nos paysages anchanteurs. De cette émigration prédestinée, de cette heureuse rencontre des Muses anciennes et nouvelles allait naître, le "Merveilleux" dans la Littérature Canadienne.

En effet dit M. Jean Taché "Forestiers et Voyageurs" : Notre population, elle tire ce fonds de poésie de la race, qui lui a donné naissance, du genre d'occupations multiples, excursions de chasse et de pêche, en un mot de sa vie d'aventures dans un pays sauvage. Elle tire encore ce fonds de poésie, de ses souvenirs de la poétique Bretagne, transportée au sein de cette vaste et grandiose nature, du sol d'Amérique". Ces "Souvenirs" réels ou fictifs, forment le fonds, de toute la Littérature Canadienne, empreinte d'une saine philosophie. L'homme, (continue le même auteur), à le considérer comme intelligence, exilé loin de l'essence du Vrai, du Bon et du Beau, ne peut pas plus vivre de réalisme, que son âme, des vérités qu'elle perçoit. Il faut à l'un voyager dans l'inconnu et l'autre se reposer, dans la Foi, à des mystères." "D'ailleurs ces "Contes" et "Légendes" dans lesquels les peuples ont versé leur âme, cherché à satisfaire ce besoin de Merveilleux qui est au fond de la nature humaine," ne constituent ils pas, un moyen de survivance ?

"D'où nous viennent en effet, ces conceptions magnifiques, fantasmagoriques des chants du rapsode grec, du grand rêveur Yoscan. Si ce n'est, des sources vives de sens humain, de cette intuition populaire des peuples qui croient à quelque choses, ces figures typiques du merveilleux, on les retrouve, ainsi chez tous les peuples, elles ont leurs correspondants, dans la réalité."

Ainsi, les livres de l'Orient, nous disent : que dans ces contrées baignées de lumière, on considérait les contes comme un des meilleurs remèdes contre les douleurs de l'esprit et du cœur. Cette idée qui remplit les fictions de la Perse, de l'Inde et de l'Arabie, est au fonds, une idée juste. Rien ne repose et console l'homme de peine dans ses travaux et ses ennuis, comme les récits mêlés de "Merveilleux." Or on constate qu'au Canada ces mêmes récits fantastiques, ils forment partie du tableau de nos mœurs nationales, soit pieuses légendes ou pures fictions, ils sont l'essence "poétique" qui est innée chez nous, et qui est une des formes de l'aspiration de l'homme vers sa fin."

En effet on perçoit une forte tendance au "Merveilleux," au cours de ces relations de voyages, récits épiques et mouvementés des anciens Canadiens. Au contact de la Grande nature : l'écho de nos montagnes, le bruissement des feuilles dans nos grands bois, le mirage de nos grands lacs, frappait leur imagination ; ces forêts, ces prairies, ces lacs véritables mers intérieures, les rivières et eux se connaissaient d'instinct. Le trappeur, le voyageur canadien, ce type national par excellence, était à la fois : poète, chasseur, guerrier, conteur pêcheur, marin, colon, bûcheron, selon les besoins et les exigences des lieux !

En effet pour quiconque parcourt ces romans, ces légendes, l'esprit des ténèbres, sous la forme de feux-follets, de loups-garrous, y jouent un rôle prépondérant. D'ailleurs ils ne faisaient que s'inspirer, comme nous venons de le voir, du genre "Merveilleux" qui fut la cocluche du Grand siècle et fit les délices de la Cour du Roi soleil. "Quoiqu'il en soit, cette poésie, cette prose, a son charme et son originalité même. Après tout, n'avaient-ils pas, (nos ancêtres,) pour guide le jour, le Roi soleil du bon Dieu, qu'une croyance enfantine leur faisait voir à Pâques, dansant à travers les branches des grands arbres de la forêt séculaire ? Et la nuit pour Reine, la lune, baignant la terre de ses rayons argentés, chassant devant elle les ombres fantastiques ; sans compter les étoiles filantes, ces princesses de la cour céleste, auxquelles ils confiaient galamment leurs souhaits, ces braves cœurs voyant au fonds du ciel sombre, briller l'étoile du soir, ils priaient Marie de bénir leurs exploits?

Ainsi donc, où trouver les premières traces du veilleux" dans notre Littérature? si ce n'est dans la "chanson" les "contes et légendes." "Je compare ces chansons, a dit Lareau, à ces meubles antiques, vestiges d'une époque éloignée, grosse de souvenirs, que les antiquaires placent, dans leur salon pour faire contraste avec la fachaion plus moderne." Les "Légendes," dit un auteur : ce sont les fleurs de l'histoire. Elles éclosent à nos yeux lorsque aprês avoir étudié les livres, les monuments, les traditions, nous voyons resplendir dans une clarté soudaine, ce qui fut beau, vivant, harmonieux autrefois. Alors le Passé se ranime, de même que les caractères tracés avec une encre invisible; et nous entendons une voix intérieure nous faire un récit."

"Ce récit coloré, cette parlante apparition c'est la légende. Elle présente, la forme glorieuse des faits et des personnages et accentue le vrai sens de l'histoire, le fixe à jamais dans la mémoire des peuples."

II

Maintenant, fort de ces principes philosophiques, entrons dans le vif de notre sujet. C'est d'abord au son des gais refrains de nos jolies chansons de voyageurs au pays d'en Haut, que le "Merveilleux" Canadien, prend naissance avec la vie d'aventures de ces "Coureurs de bois," de ces hardis pionniers de la

Voici l'hiver arrivé,
Les rivières sont gelées.
C'est le temps d'aller au bois,
Manger de la soupe aux pois!
"Dans les chantiers nous hivernerons!"
Dans les chantiers nous hivernerons!

A vrai dire ces romances, complaintes, qui pour

manquer quelque fois de rime, et de mesure, n'en sont pas moins des plus poétiques d'un pittoresque grandiose, empreintes de simplicité et de naturel : qualités primordiales de toute œuvre littéraire. Témoins ce chant de nos "Voyageurs" :

A nous les bois et les mystères,
Qui pour nous n'ont plus de secrets,
A nous le fleuve aux ondes claires
Où se réflète la forêt;
A nous l'existence sauvage
Pleine d'attraits et de douleurs ;
A nous les sapins dont l'ombrage
Nous rafraîchit dans nos labeurs.
Dans la forêt et sur la cage
Nous sommes trente voyageurs!"

Ils voguaient donc nos trente "voyageurs," ils voguaient toute la journée, assis dans leurs canots d'écorce. "Or comme le chant donne de la force et rend plus heureux ceux qui le sont déjà, et berce dans de douces rêveries, ceux qui ont le cœur à rire Ils entonnaient : "V'là le bon vent! V'là le joli vent! A la claire Fontaine! Par derrière chez ma Tante! En roulant ma boule? Ainsi ils chantaient tous pour rompre la monotonie du grand silence, qui les enveloppait dans ces immenses solitudes des grands bois et grands lacs."

D'ailleurs, chasseurs et pêcheurs, savent comme il est impressionnant, ce silence de la campagne déserte, qui trouble étrangement le citadin peu habitué à ce calme majestueux de la grande Nature Laurentienne. "Ainsi le soir arrivé au campement, après mains portages, on allumait un grand feu et devant la marmite bouillante, assis en rond chacun de remémorer en fumant la pipe, les incidents de la journée, ou les aventures plus ou moins extraordinaires, dont ils avaient été les acteurs et spectateurs. Ces hommes, chose digne de remarque, aimaient à poser en héros." Après les récits d'aventures, venaient les histoires de loups-garous, de feu-follets, de chasse-galerie, toute une kyrielle d'évènements surnaturels, où le monde imaginaire et le royaume occulte de l'Esprit malin s'unissent pour propager sur les bords du St-Laurent, cette fièvre ou passion du "Merveilleux," dont le grand siècle et sa brillante cour, s'était lui-même épris jusqu'à la folie."

> Qu'il est doux, qu'il est doux d'écouter des histoires,
> Des histoires du temps passé ;
> Quand les branches du bois sont noires,
> Que la neige est épaisse et charge un sol glacé !

Toutefois malgré cette exaltation apparente et sensible dans les idées et le style de l'époque de Colonisation et de défrichement, le "Merveilleux" Canadien est Beau, Vrai et Bon. Or ne fusse, que pour ce rayon d'originalité, qu'il jette sur l'histoire des premières découvertes et explorations, celle des mœurs et coutumes Canadiennes ; ce genre poétique, devrait être aimé, respecté, apprécié au moins "*littérairement.*"

III

D'ailleurs dans tout "Merveilleux", il y a une pointe d'exagération, "comme dans toute sublime idée dont s'éprendront les masses, sous l'impulsion d'une éloquence entraînante." Ainsi chez nous en Canada, c'est la Nature qui en son pittoresque langage parle aux âmes simples, naïves et droites de ces "Voyageurs" et "Coureurs des Bois."

"En effet dans ces expéditions lointaines, tout les portaient à exagerer les choses les plus ordinaires, et naturellement à les rendre très *superstitieux.* Témoins la vue des grandes forêts vierges avec leurs ombres mystérieuses. l'aspect de nos grands lacs où se miraient les pics ou cîmes crenelés des montagnes et collines ; la calme et imposante sérénité des nuits, jetaient ces hommes-là pour la plupart sans instruction, dans un étonnement une vagne indéfinissable, qui exaltaient leur immagination et leur faisaient voir tout, du côté *merveilleux.*"

M. Alphonse Poitras, dans le "Répertoire National" nous raconte la disposition naturelle de ces braves cœurs, de ces hardis pionniers au "*Merveilleux.*" Après le repas du soir qui se composait de lard salé et d'un biscuit sans levain, chacun alumait sa pipe et ceux d'entre les voyageurs qui avaient déjà fait la même route, racontaient aux jeunes conscrits leurs aventures. L'un exactement à la même place où l'on allait passer la nuit, avait vu, un an auparavant, un saumon plus ou moins gros selon que son imagination, le lui avait plus ou moins grossi. Un autre avait vu, ce qui s'appelle vu, à l'entrée de la forêt, un animal d'une forme extraordinaire, comme il ne s'en était jamais vu et comme il ne s'en verra peut-être jamais; un autre et c'était pis encore, avait vu au milieu de la nuit, par un beau clair de lune, et dormait certainement pas, un homme d'une taille gigantesque, traversant les airs, avec la rapidité d'une flèche et ainsi de suite à tour de rôle."

"En tout cas, en voici une histoire, conte ou légende, le nom n'y fait rien, mais ne douter pas de la véracité du fait les auteurs étaient incapables de mentir : C'était par une belle soirée du mois de Mai, l'hiver était terminé. Nous venions de laisser l'Outaouais et nous entrions dans la rivière des Prairies; nous n'étions qu'à quelques milles de chez mon père, où je me proposais d'arrêter un moment avant d'aller à Québec. Nous y descendions plusieurs canots chargés de pelletries et d'ouvrages indiens que nous avions eus en échange contre de la poudre, du plomb et de l'eau de vie.

"Comme il n'était pas tard et que nous étions passablement fatigués, nous résolumes d'allumer la pipe à la première maison.

"A peine avions nous laisser l'aviron, que nous apercevons, sur la côte une petite lumière, qui brillait à travers trois ou quatre vitres, les seules qui n'avaient pas été remplacées par du papier ? Comme habitant de l'endroit on me députe vers la petite maison pour aller chercher un tison de feu. Je frappe, on ne me dit pas d'entrer, cependant j'entre. J'aperçois assis près du foyer, un vieillard et une vieille femme, tous deux l'air songeur, la tête appuyée dans les deux mains et les yeux fixés sur un feu presque éteint. Je salue les deux personnages aussi poliment que me le permettait mon titre de "voyageur" au pays d'en Haut : politesse inutile, on me rend pas mon salut. Je demande alors la permission d'allumer ma pipe avec un tison, pas plus de réponse. Ecoutez les amis, je ne suis pourtant pas peureux mais devant la fixité des regards de ces deux êtres étranges, je rassemble en tremblant le peu de forces et de courage qui me restent, je m'avance vers la cheminée et je saisis un tison par le bout éteint et je passe la porte.

"Chaque pas que je faisais en m'éloignant de cette maudite cabane, me semblait un poids de moins sur le cœur.

"Je saute dans mon canot, avec mon tison et je le passe à mes compagnons sans souffler mot de ce qui venait de m'arriver. On eut ri de moi. Chose étrange, le feu ne brulait pas plus leur tabac que c'eut été un glaçon. Diable dit l'un d'eux, qu'est-ce que ca veut dire ? ce feu ne brule pas. J'allais lui raconter mon histoire, lorsque tout à coup, la petite lumière de la cabane éclate comme une immense incendie, disparait avec la rapidité d'un éclaire et nous laisse dans une profonde obscurité. Au même instant on entend des cris épouvantables : deux énormes matous aux yeux brillants comme des escarboucles, se jettent à la nage, crimpent sur le canot avec des miaulements effrayants.

"Une idée lumineuse (elles sont toujours lumineuses dans ces moments là"), me traverse l'esprit : jette leur le tison, cri-ai-je à celui qui le tenait, ce qu'il fit aussitôt. Les cris cessent ; les deux chats sautent sur le tison et s'enfuient vers la cabane, où la petite lumière avait reparu." Mon oncle défunt, a vingt fois raconté cette histoire, ajoute Poitras, et autant, il avait trouvé d'incrédules. D'où je conclus qu'il ne faut jamais jurer, ni douter de rien." Il va sans dire, qu'à mon tour je ne vous l'impose pas comme article de Foi ; mais comme preuve et comme exemple de "*Merveilleux*" Laurentien, caractéristique, pittoresque, saisissant, empoignant même.

Vous citerai-je pour appuyer mes dires, sur le "Merveilleux" poétique Canadien ; les contes ou Légendes recueillis et admirablement racontés par nos poètes, nos historiens romanciers et chroniqueurs, tels que MM. De Gaspé, dans *Les Anciens Canadiens* ; *Une Nuit avec les Sorciers* ; *La Corriveau* ; *La Légende de Mde d'Haberville.* — Geo. DeBoucherville : *Récits de voyages et d'aventures.* — J. C. Taché : *Forestiers et Voyageurs* ; *Histoire du Père Michel* ; *Le Feu-Follet de la Mare-Aux-Bars* ; *Le Feu de la baie* ; *Ikès le Jongleur.* — P. J. O. Chauveau : *Souvenirs et Légendes* ; *Le Colporteur* ; *La Messe de Minuit* ; *L'Histoire de Lanouet.* — L'Abbé H. R. Casgrain : *Légendes Canadiennes* ; *La Jongleuse.* — L. H. Fréchette : *Légende d'unpeuple* ; *Contes et Légendes Populaires ou Récits du Foyer* ; *Mémoires de* 1840 ; où les Feu follets, les Loups Garous, les Lutins y jouent un rôle principal, sans oublier les histoires *typiques* de Jos. Violon, et sa Chasse-galerie. - Sir James Lemoine : *Légendes du St-Laurent.* — Chevalier C. E. Rouleau : *Légendes Canadiennes* ; *La Cabane des Fées* ; *Le Cap au Diable* ; *L'art de chasser les Feu-Follets* ; *La Chambre du Revenant* ; *Une Veillée chez ma Grande Mère* ; *Le Moulin du Diable.* — J. B. A. Ferland : *Louis D. Gamache, Le Sorcier de l'Ile d'Anticosti.* Autant de créations du genre *féerique*, originales et précieuses compilations de souvenirs fantastiques, œuvres émi-

nemment nationales.
"Croyez après cela, si le *sorcier* m'emporte."

IV

"Si l'on établissait "une énorme différence entre les enchantements dits "*fêeriques*," et les enchantements *diaboliques* dans la Littérature Française ; il en est de même aussi dans la Littérature Canadienne, le "Merveilleux" Infernal où "La *Jonglerie*", y fut constamment pratiquée par les "*Jongleurs*" des tribus sauvages non converties. Ces enchanteurs où magiciens, eurent seuls des relations suivies avec l'Esprit du Mal, dernières traces du Pagnisme occulte, symptômes de bonne où mauvaise augures. Il va s'en dire, que ces *jongleurs* sauvages, n'avaient aucun pouvoir sur les blancs.

Dans ces cérémonies de magie noire, deux sorciers, un "*Mahommet*" et un "*adocté*" s'assocaient généralement ; le pouvoir du Mahoumet dependait en grande partie de la soumission de l'*adocté*.

Au chapitre des enchantements à vue "*féerique*," nous pourrions ajouter "les effets du mirage," dont parle un de nos poètes:

"Un lac: miroir d'azur, dormait dans le lointain ;
C'était un lac superbe, un *féerique* bassin,
A l'entour des bosquets la tête renversée,
Comme une autre forêt fraîchement nuancée,
Formaient silencieux, au fond, sous le flot noir,
Un mirage immobile et bien splendide à voir."

"Ce phénomène de *Mirage* que les Napolitains appellent : les enchantements de la Fée Morgane," nous dit M. Taché, sont fréquents sur le fleuve St. Laurent ; quelquefois ils se présente avec des splendeurs qui défient toute description. Dans cet effet d'optique, deux embarcations se touchent par l'extrimité des mats, deux îlots couverts de verdure par le sommet des arbres. Les îles voisines prennent les contours les plus variés et les plus *féeriques*, des clochers, des dômes, des minarêts, des palais, des tours, des murailles, s'élevent graduellement dans un lointain vaporeux, pour tout de suite faire place aux dessins les plus bizarres.

" Il y a des instants où tout disparait, alors nous demeurions comme plongés, suspendus dans un milieu indéfinissable espèce de vide, à travers laquelle nulle forme, à nous étrange, ne se laissait voir. "C'est comme une vision de rien" !

Les "Anciens Canadiens", tout en racontant au fil de la plume leurs *féeriques* impressions de voyage, comme le dit tı bien Bibaud, fils, en parlant de leur manière d'écrire : "ils écrivaient tous avec cette facilité et cette aisance ordinaire aux *gentilshommes*." Témoins, cette belle description de tempête, qui dans son paroxisme atteint le *Merveilleux* "cette âme du poême épique."

"Nous étions sur les eaux du majestueux lac Supérieur, Nous voguâmes tout le reste de la journée, la nuit et le lendemain avec un bon vent. Il en fut ainsi jusque vers les six heures. Puis tout à coup, nous vîmes le ciel se couvrir d'un voile épais et plombé, et en peu d'instants, une obscurité livide fit place à la lumière du jour, allant toujours en augmentant. Du côté de l'Ouest, un énorme et menaçant nuage, s'avançait lentement sillonné par de vives éclairs, et paraissait porter des grêlons dans ses flancs. Tous nous regardions arriver ce sombre amas de noires vapeurs avec anxiété et l'attention du marin qui de l'œil, suit dans l'espace, l'ennemi qui doit décider de son sort. Quant à moi j'admirais le balancement superbe des mâts, qui courbaient leurs têtes jusqu'au niveau de l'eau, semblaient jouer avec l'onde, puis se relevaient au milieu des éclairs, pour se replonger encore.

En ce moment le tonnerre éclata en coups redoublés. Ses détonnations précipitées, comme des éclats de bombes résonnaient à la fois sur tous les points de l'horizon. Soudain une immense éclair vint refléter ses millions de rayons, sur toutes les parties de notre vaisseau. La foudre venait de tomber à dix pas de nous, peut-être. Un frisson, mais un frisson comme celui de la mort parcourut un instant toutes les parties de mon corps ; car je pensais que ce terrible coup était un avertissement de la part de Dieu, de nous préparer au voyage éternel : aussi mes regards s'élevèrent-ils naturellement vers le ciel, comme pour l'implorer. L'onde en furie battait les flancs de notre vaisseau avec une force considérable. L'on aurait dit que tous les *mauvais génies*, s'étaient réunis pour conjurer notre perte tant la tempête mettait d'acharnement dans ses assauts sur le navire. Cependant au milieu de cet épouvantable tumulte, nous entendîmes ces mots consolateurs "terre, terre !" Ne croirait-on pas entendre Christophe Colomb, découvrant le Nouveau-Monde, après les mille dangers, tempêtes et péripéties d'une longue traversée d'ocean ?

V

Tant qu'au "Merveilleux" païen Mythologique et le "Merveilleux Chrétien, ils ne soulevèrent jamais en Canada, de querelles satiriques, parmi les "lettrés." Le genre "Féerique" ayant toute la vogue des visions, des souvenances poétiques et chimériques léguées en héritage, de père en fils, de générations en générations sur les bords du St-Laurent. Chaque pays a aussi ses coutumes dit le proverbe. Chaque peuple, chaque race a ses "Légendes." Il suffirait pour s'en convaincre, de jeter un regard sur les Littératures étrangères : "Légendes des Nations," "Légende de la Mort à travers les siècles." Elles ont toutes voué un culte au "Merveilleux" !

"Notons cependant qu'il existe une grande différence entre les *superstitions* et les *contes*. Les premières, on y croit, et pour qu'un peuple en devienne impreigné si elles arrivent du dehors, il faut un contacte prolongé, une propagande opiniâtre; mais les contes, est-il besoin d'y croire pour y prende plaisir ?

En effet écrivait dernièrement M. de Nevers : Certains souvenirs ne se traduisent pas, les traditions populaires, ne se transmettent pas sans la langue dans laquelle elles se sont d'abord incarnées et perpétuées. Tous ces noms d'êtres fantastiques et abstraits : héros des légendes, de l'histoire embellie par l'imagination, personnages de contes, fantômes, esprits, tout ce qui constitue cette poésie des masses, dont la source abreuve tant de générations successives, tout cela disparait.

" Enlevez à l'enfant de race française cet entourage imaginaire : de guerriers invincibles, de géant, de diabolitins, de revenants, qui lui créent de charmantes terr.urs, où le font rêver d'actes de bravoure chevaleresque ; enlevez lui ces douces et charmantes illusions, ces douces et naïves chansons, du bon vieux temps dont on nous a bercés ; privé le de ce gracieux ramage d'oiseau, que sait tirer de notre langue, la mère Canadienne française, il me semble que vous lui aurez enlevé une partie du soleil auquel il a droit. Terreurs puériles, évocations fantastiques, prières tendres, caresses naïves, rêves généreux, et d'héroïsme, tels sont les premiers éléments dans lesquels nait et se développe l'imagination d'un enfant de notre race, les premières sources où il puise l'idéal."

D'ailleurs "les anciens *bardes* Canadiens" de qui nous tenons, ces chansons et légendes, ne sont-ils pas eux-mêmes des descendants :

........"de ces preux chevaliers français
Qui erraient tout armés, par désert et parbois,
Accompagnez d'un nain cherchant leur aventure !"

Comme dernière preuve d'authencité historique, il nous suffirait de citer ces paroles de M. Brunetière, l'éminent critique sur *l'évolution d'un genre* : la "Tragédie Française:"

"Toute imitée quelle soit, en apparence de la tragédie grecque, et toute pleine de réminiscences d'Euripide ou d'Eschyle, la tragédie Française, en a-t-elle donc été moins "Française, moins *nationale* et à ce titre moins *originale.*" Elle n'en porte pas moins devant une humanité nouvelle, un témoignage, impérissable, de ce qu'il eut de plus noble, de plus héroïque et de plus rare, dans le génie Français." Ainsi en est-il, croyons-nous, du genre "Merveilleux," dans la Littérature Canadienne, lequel, pour s'être inspiré de cette migration "*Féerique* du Grand Siècle," en la Nouvelle France ; n'en est pas moins l'écho *poétique* de la vie de tout un peuple : "la senteur du terroir Laurentien."

Maintenant, soit dit sans métaphore, notre "Versailles" à nous, c'est Québec ! Ce gibraltar d'Amérique, monument féodal érigé sur un Cap Diamant, socle de granit, l'œuvre du Créateur ! Ville Légendaire," située sur les bords d'un fleuve géant.

Québec, à la fois, vieille Capitale, place forte et musée historique, qui vit dans ses murs passer: découvreurs de continent, fondateurs de ville, vice-rois, gouverneurs, évêques, intendants, magistrats, hérauts d'armes, et gentilshommes, marquis, comtes, barons, officiers dans l'armée, ayant gagné leurs épaulettes au service du Roi. Toute une série de portraits, de héros, de grands hommes, dont elle s'honore et se glorifie.

La ville de Champlain, n'a-t-elle pas sa galerie des Batailles des Plaines d'Abraham, de Carillon, de Monongahéla, de Chateauguay ; combats célèbres, dignes de tenter le pinceau de nos meilleurs artistes ; victoires mémorables, qui décidèrent de notre avenir, comme peuple. Le Chateau St. Louis, voilà son "Trianon," dans les salons duquel se rencontrait toute l'élite de la belle société d'alors : grandes dames et hommes de cour, gentilhommes de cape et d'épée.

Puis sortez de la ville ancienne, temple auguste, témoins de l'histoire, devant vous s'étend la vallée Laurentienne : immense tapis vert où se dance en couleurs le menuet des "Saisons," ici ce sont des champs fleuris, des allées ombragées, des bosquets, des routes serpentantes, ; là-bas, ce sont des coquets et riants villages, des groupements de fermes, des maisonnettes blanches perdus au milieu du feuillage ; verdoyante campagne parsemée de lacs, rivières, au bord desquels nos citadins viennent s'impreigner l'âme des beautés champêtres, s'humaniser au contacte des "belles choses" de la Grande Nature créée.

Comme s'il eut fallu à ce magnifique panorama une attraction grandiose : les Chutes de Montmorency, ce sont les "Grandes Eaux" Québecquoises ; célèbre cataracte, dont la vue de proche, donne seule le vertige, nous grise d'infini ; perpétuel écoulement d'ondes rageuses, tombant à des centaines de pieds au fonds de l'abîme, d'où s'échappe une bué vaporeuse, aux mille goutelettes transparentes, qui sous l'action solaire reflètent en myriade de prismes, un minuscule arc-en-ciel. Spectacle vraiment *féerique* !

Enfin comme fonds de tableau, comme bornes naturelles, à cet immense domaine : la longue chaine des Laurentides ondulant à l'horizon bleuâtre ; montagnes légendaires aux cîmes crenelées dont l'écho, ce chant aux mille voix, repercute aux siècles à venir l'immortelle et Provinciale devise "Je me souviens" !

Si comme l'affirment les "lettrés," le "Grand siècle" fut l'apothéose de "L'Amour" humain : que le XXe siècle, soit pour nous Canadiens, l'apothéose de l'amour du sol natal, que ces "Légendes" symbolisent et que ralumeront bientôt dans nos attiédés "les Feux de la Saint-Jean!"

Messieurs, laissez-moi en terminant, vous citer ces vers admirables de M. P. J. O. Chauveau, qui peignent bien le sentiment que nous avons voulu rendre :

"Légendes doux récits, qui berciez mon enfance,
Vieux contes du Pays, vieilles chançons de France.
Peut-être un jour hélas! vos accents ingénus,
De vos petits Neveux, ne seront pas connus ?

———o———o———

"O poèmes naïfs, dont le Peuple est l'auteur!
Legendes que transmet à la folle jeunesse,
Avec un saint amour, la prudente vieillesse,
Votre charme est surtout aux lèvres du conteur
Et malgré votre nom, il faut bien vous le dire
On ne vous croira plus lorsqu'on pourra vous lire!"

D'où je conclus : Tel Pays — Tel Peuple!

FINIS

OUVRAGES CONSULTES

DE LAPORTE. — "Du Merveilleux dans la Littérature Française (17e siècle)."

PAUL DE ST-VICTOR. — "Hommes et Dieux."

MELLCHIOR DE VOGUÉ. — "Versailles." "Revue des deux Mondes, Janvier et Février 1902."

ROGER PEYRE. — "L'art au XVIIe et XVIIIe : *Watteau*."

TACHÉ. — "Forestiers et Voyageurs."

CHAUVEAU. — "Contes et Légendes."

POITRAS. — "Le Répertoire National."

M. L'ABBÉ A. NANTEL. — "Fleurs de la Poésie Canadienne."

ARTICLES DE REVUES : "Revue d'Edimbourg, Avril, 1902." "Le Mois Littéraire, Janvier, 1902."

Imp. L. BROUSSEAU.

www.ingramcontent.com/pod-product-compliance
Ingram Content Group UK Ltd.
Pitfield, Milton Keynes, MK11 3LW, UK
UKHW032014260826
14628UKWH00005B/2487

9 782019 133795